EL TRAGALUZ DEL SÓTANO

KIANNY N. ANTIGUA

EL TRAGALUZ DEL SÓTANO

— CUENTOS —

NUEVA YORK, 2014

Title: El tragaluz del sótano –cuentos-
ISBN-10:1940075033
ISBN-13: 978-1-940075-03-7
Design: © Ana Paola González
Cover & Image: © Jhon Aguasaco
Author's photo by: © Keiselim A. Montás
Editor: Carlos Aguasaco
E-mail: carlos@artepoetica.com
Mail: 38-38 215 Place, Bayside, NY 11361, USA.

Special thanks to Ángel Estévez for his invaluable advise.
Agradecimiento especial a Ángel Estévez por sus invaluables consejos.

K.A.

© El tragaluz del sótano –cuentos-, 2014 Kianny N. Antigua
© El tragaluz del sótano –cuentos-, 2014 for this edition Artepoética Press
Final proofreading by: María Palitachi

«No deberían empujar a que el hombre y la mujer
sean animales tristes»

Eduardo Lantigua

«Porque el cuerpo cobra más volumen
en la soledad abierta»

Hilma Contreras

A mis amigos y,
sobre todo,
a los que no lo son.

Índice

Lo esencial de una cuentística

El mundo de Kianny Antigua visto por el telescopio de un submarino pirata

Manuel Salvador Gautier

Lo más difícil es no clasificar la obra cuentística de Kianny Antigua como «realismo sucio». Es cómodo tener un letrero que diga: «Hombres» y «Mujeres», y entrar confiado al lugar esperando encontrar los aparatos correspondientes: lavamanos, inodoros, mingitorios, aunque estén uno encima del otro por la estrechez, y, de repente, encontrar que sí, que están ahí, pero el lugar es más. Por supuesto, me refiero a la obra de Kianny Antigua en *El tragaluz del sótano*. Sí. Son cuentos cortos, densos, sobre gente sin importancia para los demás, aunque muy importantes para ellos mismos, que, a través del manejo que hace Kianny Antigua de ellos, pueden ser apropiados por el lector como elementos que ha visto, conocido, quizás, tratado, y que Kianny Antigua presenta en una dimensión distinta a como este está acostumbrado a verlos. En una dimensión donde la acción puede ser sórdida, procaz, desenfadada, o, simplemente, explicativa o común, pero siempre impactante. Son el homosexual, la lesbiana, el cuernero, el ladronzuelo, el roba besos, el enojado, el intolerante. Hay más personajes de todos los días como estos. Sólo que Kianny Antigua los saca de su limbo de indiferencia y hace que se vean desde dentro, en una introspección avasalladora. Eso me sucedió a mí; eso sentí al leer sus cuentos.

Aunque no necesariamente les ocurrirá a todos los lectores. A lo mejor usted sea uno de esos personajes que Kianny Antigua pone a actuar con la voracidad de alguien que descubre la verdad. Entonces se sentirá identificado. El hecho de que un escritor lo escoja para contar una historia, le garantiza que su vida, después de todo, no es tan inútil, tan desabrida, tan desajustada. ¿Pero, pasa lo contario en la vida de los «otros»? Esta pregunta existencial es válida para todos los lectores; expone la sustancia viscosa con que nos envuelve Kianny Antigua en estos cuentos, y está ahí, para quien quiera encontrarla. Por eso, estos cuentos son más.

Con la desfachatez de un submarino pirata que gira su telescopio para conocer lo que pasa a su alrededor, sigo escudriñando y encuentro otro aspecto esencial en la cuentística de Kianny Antigua. El «realismo sucio» es, en el fondo, la exposición de una realidad cruda que se maneja con sarcasmo e

impudicia para señalar situaciones que normalmen-
te la sociedad predominante rechaza, no reconoce o,
simplemente, no le da importancia. Si se ahonda en
la actitud desafiante de los autores que lo adoptan,
el lector hace un gran descubrimiento: estos autores
tienen una sensibilidad social que, de repente, nos
sorprende. En el mundo inquietante de Kianny Antigua, este hallazgo no es fortuito; está en la manera
en que la autora desarrolla los temas. Los cuentos de
Kianny Antigua se ubican en dos lugares distintos:
la República Dominicana, el país de origen de la autora, y los Estados Unidos, donde emigra. El tema
migratorio, que siempre aparece en los escritores que
salen de su país, no es tratado por la autora como
lo hacen usualmente otros autores, que sumergen a
sus personajes en la lucha para adaptarse al medio
hostil que deben enfrentar. A Kianny Antigua esta
lucha no le interesa. No quiere decir que sus inmigrantes no sufran los embates de la adaptación, sino
que están en otra cosa. El gran tema de la autora es
el comportamiento humano. En el cuento «El tragaluz del sótano», que da nombre al libro, el personaje
principal no es ladrón porque se ve obligado a serlo
por el rechazo que recibe de la sociedad como emi-
grante, sino porque le gusta robar. Su logro es pa-
radójico: convertirse en un héroe por haber robado.
En el cuento «Perdida en Nevsky», dos parejas, una
de mujeres lesbianas y otra de hombres homosexuales, viajan juntos por Europa. Lo que ocurre podría
pasarles a parejas heterosexuales. Es sencillamente la
historia de una separación de dos que ya no se aman.
En el cuento «La niña», la brega de todos los días,
con los papeleos y los requerimientos del trabajo,
impide a un hombre atender lo más importante en

su vida. En estos cuentos hay subtemas que podrían resultar más obvios al lector. El del ladrón escurridizo. El de los homosexuales que se divierten en un tour por Europa como cualquier otra persona. El del hombre afanoso, concentrado en su trabajo. La autora los utiliza para atraer al lector y chocarlos. No hay concesiones; todo está en la brevedad de una exposición hecha sin artificios. Mientras la autora oculta su sensibilidad social con estos recursos minimalistas, expone el comportamiento humano de un muchacho que arriesga su vida por salvar la de otro, en «El tragaluz del sótano»; o el de una mujer ilusionada que finalmente se da cuenta que ni ama ni es amada, en «Perdida en Nevsky»; o el de un hombre que tiene que enfrentar el horror de su descuido, en «La niña». Estos significados subyacentes están en todos y cada uno de sus cuentos. Sus historias satanizan los prejuicios de aquellos que se consideran los escogidos de la sociedad, los que disfrutan satisfechos sus vidas y sus nociones de privilegiados, para demostrar que, en todas las clases sociales, no importa dónde estén localizados sus miembros o cómo realizan sus vidas, los hombres y las mujeres son siempre iguales: hay buenos y malos, héroes y cobardes, enamorados y despistados.

Un tercer aspecto a señalar en la cuentística de Kianny Antigua es el abordaje que ella hace al lenguaje y la técnica.

Estos son aspectos literarios que no quise pasar por alto, porque la autora los convierte en recursos que utiliza para impactar y hacer más intensa la experiencia del lector en la apropiación de la obra. Su discurso abierto, coloquial no transige. En la frase inicial de cada uno de sus cuentos se siente que lleva al lector directamente al meollo del asunto. «*Nuestra escueta relación pocas veces dejó de ser tormentosa*», en «Perdida en Nevzky»; «*En la vida, Ebenízer había aprendido dos cosas: a ganarse el pan trabajando y a no robar donde trabajaba*», en «El tragaluz del sótano»; «*¡Mieeerda, carajo, coooño! Ramona, yo no tengo tiempo de ir a buscar a la niña...*», en «La niña». Con el uso de frases claras, sin ambages, a veces adoptando palabras soeces, el lector queda inmediatamente orientado sobre lo que sucede en el cuento, aunque no sobre lo que sucederá. Esta técnica Kianny Antigua la utiliza continuamente; pero hay otras. Las más inusuales son: secuencia de escenas cada una con su título, en «La niña»; inicio del cuento con una escena que viene de la mitad del cuento, en «Pena máxima»; desarrollo del cuento en la forma de un diario escrito por la protagonista, en «Journal». El uso de estas técnicas hace que sus cuentos no sigan el mismo ritmo y evita que sean cansones; es una estrategia literaria de la autora para mantener el interés del lector en su obra.

Ese es el mundo de Kianny Antigua como lo veo desde mi submarino pirata, protegido por palabras. Lanzo una mirada sin subterfugios a una obra cuentística llena de atropellos y paradojas que, sin yo advertirlo, se convierte en carne propia, en sentimientos penetrantes que hacen más rica mi experiencia como persona. Hablo de una materia quebradiza que, finalmente, convence, porque es real; es sincera; es, sobre todo, seductora. Dejo en manos del lector su propia evaluación.

Santo Domingo
Agosto 2013

Perdida en Nevsky

Nuestra escueta relación pocas veces dejó de ser tormentosa. A pesar de las contrariedades, me hice mucha ilusión cuando su hermano nos invitó a pasar unas vacaciones a Europa. En un viaje que duraría tres semanas, y con todos los gastos incluidos, recorreríamos las ciudades de Viena, Budapest, Praga, Berlín, Moscú, Saint Petersburgo y Madrid. Mi emoción era contagiosa pero la realidad me inutilizaba las ambiciones. Ese verano estaba tomando dos clases y ya había agotado mis días de vacaciones en el banco.

En dilemas como éstos, una busca respuestas en la fuente más sabia; llamé a mi abuela y le pedí su opinión. Aunque aún reacia ante mi sorpresiva experimentación o búsqueda de identidad sexual, en otras palabras, de mi relación con Pilar, prácticamente me ordenó que me fuera. «La universidad no se va a ir de donde está y, si pierdes el trabajo, consigues otro.

Una oportunidad como esa, sin embargo, sólo le toca la puerta, a algunos, una vez en la vida», afirmó.

Renuncié al trabajo y pedí dos extensiones en la universidad. Con los ahorros que tenía pagué un mes de alquiler por adelantado y, con trescientos dólares en los bolsillos, partimos al Viejo Mundo.

De Nueva York viajamos a Viena. Hicimos una escala en París pero no puedo decir que las dos horas que duramos en el aeropuerto saciaron mi curiosidad parisina. Desde ya, por otro lado, el cambio de hora nos desorientó un poco. Cuando la gente estaba en su mejor ánimo, yo andaba con los párpados caídos.

En comparación con Nueva York, Viena me pareció una ciudad limpísima, majestuosa, con una vegetación tan exuberante como su arquitectura. La gente andaba bien vestida, cosa que cada vez veo menos por donde vivo. Allí nos hospedamos en el Hotel Imperial, y vaya imperio. A mediados de 1800, este hotel de lujo fue construido como un palacio privado para un príncipe. Hoy, es famoso no sólo por su opulencia sino también por las anécdotas que sus estilizadas suites y sus salones de conferencias guardan. Charlie Chaplin, Richard Wagner, Nikita Krushchev, John F. Kennedy y la Reina Elizabeth II de Inglaterra son sólo algunas de las muchas personalidades que allí descansaron, fornicaron, crearon y disolvieron guerras. A pesar de todo esto, lo que más me marcó de esta ciudad fue el poder ver muchas de las pinturas de Klimt y pisar las mismas calles que él recorriera; sentirlo cerca. En uno de los museos compré un libro de postales las cuales, ahora enmarcadas, engalanan el espacio donde vivo.

Dos días más tarde, y después de permanecer en un tren por seis horas y media, llegamos a Budapest.

De todos los viajes consecuentes —y aunque Pilar se sentía un tanto compungida por haber dejado sus gafas de sol en Viena— éste fue en el que compartimos más. Jugamos a las cartas, contamos chistes y, además de maravillarnos con los kilómetros de sembradíos de girasoles, nos conocimos mejor. Con César, el hermano de Pilar había compartido poco; sabía que administraba una empresa de bienes raíces y que le iba muy bien. En estas horas descubrí que era un amante implacable de las artes y que las mismas habían inspirado este viaje. A su compañero, Wayne, no lo había visto antes, y su timidez y limitado español, no ayudó a que yo pudiera descubrir más de él.

En Budapest nos hospedamos en un hotel frente al Danubio y desde el balcón se podían apreciar tres o cuatro de los nueve puentes que conectan a Buda con Pest (nosotros estábamos en Pest). Cómo pensé en mi abuela. Cuánto hubiera dado para que ella pudiera ver a través de mis ojos.

Esta ciudad tiene una combinación arquitectónica riquísima. Imágenes renacentistas, esculturas barrocas, edificios góticos y neoclásicos, historias de muerte y vivos cruzan los puentes hacia el otro lado. Hasta un restaurante cubano nos encontramos. Pilar y yo nos echamos una bailadita de salsa en plena plaza y, entre aplausos, un mesero que nos cruzó por el lado nos dijo «Fidel Castro, *very good man*».

Del otro lado, en Buda, visitamos la estatua de la libertad *budapestosa*, cuya historia es muy similar a la de Nueva York; sin embargo, esta mujer, o mujerona, en vez de antorcha, sostiene una hoja de laurel en las manos, la cual, según nos dijo nuestra guía turística, simboliza la libertad. Ese mismo día fuimos también al Museo de las Estatuas: un llano tétrico poblado de las estatuas que quedaron vivas (enteras) después de las caídas de Lenin y Stalin. Absortas por el páramo y la historia, Pilar me tomó de la mano y en este mundo tan poco mío sentí que nuestra relación, acá, estaba segura.

Tres días después, y gracias a otro tren, llegamos a Praga. Aquí pasó de todo. Pilar estaba desosegada porque hacía una semana que no se comunicaba con la persona que le estaba cuidando sus perras. Encima de ello, en Budapest se le habían quedado las pastillas que siempre toma. Sin estas pastillas a Pilar le da con sudar, se pone a temblar y llora por nada, entre otros síntomas. Llamó a su mamá y le rogó para que se las mandara pero esto tomaría un par de días. Al final de medio día entre llanto y desquicio, César contactó al doctor del hotel y éste nos prescribió una receta con las medicinas equivalentes a las que habíamos perdido. El susto le costó €300 euros a César, más lo que costaron las llamadas telefónicas y una tarde halada de los pelos.

En esta ciudad compartimos con Agua Clara Agua Alta Agua Brava; así terminamos apodando a la matrona que nos sirvió de guía. Agua Clara, nos dijo, con voz precisa, que ella era la historia en persona. Tenía ochenta años de edad y un carácter de piedra. Se la pasó regañándonos. A Pilar la reprendió porque se reía mucho; a César, porque tenía cinco minutos mirando desde una cúspide, le preguntó que si no iba a ver la ciudad. A Wayne, por lento, le hizo un gesto con la boca que valió por diez oraciones y conmigo ni se rió. El apodo surgió después de que nos informara que «el año pasado, para el mes de agosto, las personas del hotel tuvieron que ser despertadas porque el agua subió hasta el primer piso». «El agua subió alta», repitió, para enfatizar.

Agua Clara nos llevó por la ciudad mostrándonos iglesias, monumentos, exuberantes catedrales, callejuelas con pisos de adoquines, cambios de guardias y muchas de las «estupideces de los comunistas», como ella misma decía: edificios horrorosos justo al lado de majestuosas catedrales o antiguos esplendores arquitectónicos.

Al día siguiente hicimos un recorrido a pie por la ciudad. Entre callecitas coquetas y balcones oxidados y coloridos, llegamos hasta la iglesia donde reside el Divino Niño de Praga (quien, nos enteramos, no era de Praga sino de España y según César, probablemente traído de Cuba). A mí se me pareció mucho al Santo Niño de Atocha.

Al otro día marchamos a Alemania y allí la cosa cambió. Para empezar, tuve que cargar la maleta de Pilar por no sé cuántas cuadras y la gordita me lastimó la espalda. Ya en el cuarto del hotel, el aire acondicionado no enfriaba y nos trajeron un abanico (el cual yo tuve que abrir y ajustar para que dejara de sonar); la nevera estaba caliente; en el baño, a Pilar se le quedó el manubrio de la regadera en la mano, se cayó una loseta, la tina estaba tan alta que, saliendo de ella, casi me voy de boca y el desagüe expulsaba una pestilencia que quitaba las ganas de bañarse.

Lo mejor de Berlín fue que allí conocí a Ralf, un exnovio y gran amigo de Pilar. Ralf era un rubio corpulento y de una sonrisa poco europea, grande y amigable. Estaba contento de vernos e incluso de enterarse de que Pilar era lesbiana. Esa noche nos fuimos a bailar y camino al hotel me besó y me dio muchos abrazos. A Pilar se la comió a besos y me la manoseó completa. Irónicamente no sentí celos. Al contrario, me excitó mucho la posibilidad de ver a Pilar teniendo relaciones sexuales, por primera vez con un hombre, con un hombre como Ralf.

De Berlín volamos a Moscú, una ciudad mayúscula. Moscú resultó ser nada, absolutamente nada de lo que yo imaginaba. Qué ciudad tan romanesca; cuánto concreto; cuántos letreros descomunales. ¡Qué calles! Cinco y seis carriles hacia la misma dirección, daba miedo cruzar hasta en verde. En algunos lugares, hay paso de peatones subterráneos. Aquí le sumamos dos horas más a nuestros relojes y le agregamos más drama a la sopa. Pilar, al parecer, descuidó la cámara fotográfica con todas las memorias tangibles que habíamos recopilado en las últimas dos semanas, y se la robaron, sin ella saber cuándo ni dónde. Pero eso sucedió más adelante.

Esa tarde caminamos por los alrededores del hotel. El Marriot Aurora Royal, donde nos hospedamos, quedaba a no más de seis o siete cuadras de la Plaza Roja y del Kremlin. Desafortunadamente, ese día, la Plaza Roja estaba cerrada porque unos días antes hubo un atentado terrorista en sus alrededores. Sin embargo, esa caminata nos sirvió para darnos cuenta de que la gente aún no terminaba de dar el gran paso al cambio. Bien se podía ver un edificio con la insignia comunista tallada en piedra y, en su cúspide, la nueva bandera.

Al día siguiente hicimos un recorrido privado con Luz (la guía de los dientes podridos). Aprendí mucho. Había una catedral muy exuberante, blanca con cúpulas doradas y pisos de mármol. Allí me enteré de que esa catedral existió hasta que Stalin la demolió (como lo hizo con tantos otros monasterios y monumentos) y en su lugar hizo construir una piscina pública. En menos de nueve años, el nuevo gobierno la reconstruyó a semejanza de la primera. Al día siguiente conocimos el interior del Kremlin, la campana y el cañón más grandes del mundo; dentro de una iglesia, escuchamos la historia de la vida de Iván el Terrible y la de sus tres desafortunados hijos. También vimos diez de los sesenta huevos de Fabergé, entre una cuantiosa suma de joyas y utensilios de gran valor tanto monetario como histórico. En medio de tantas riquezas, yo no podía dejar de pensar en mi situación: sin dinero y sin trabajo. En un parque, camino al hotel, vimos también unas cuantas bodas, de ellas sólo recuerdo los vestidos blancos y la mirada cabizbaja de César.

Entre otras cosas, a Pilar se le ocurrió que nos fuéramos de compras al pulguero más famoso de Moscú, donde sólo compran los rusos, donde éramos las únicas extranjeras y donde casi nos comen vivas.

Cogimos un tren sin entendernos con nadie, ni siquiera para pagar. No pagamos. La línea azul nos llevaría cinco paradas al norte, al circo donde nosotras éramos los animales exóticos. A mí me dijo un hombre que «*me love you*», a Pilar le agarraron una teta. Otro tipo, como a 50 pies de nosotras, me topaba el trasero con el palo de bajar la ropa que cuelga de los mostradores altos. Sin darnos cuenta, a Pilar la sostenían entre tres para meterle un zapato en el pie que le quedaba pequeño. Entre señas me preguntaron si yo era casada, si tenía hijos, si tenía novio, que cómo me llamaba... A Pilar le preguntaron si yo jugaba baloncesto. Cuando creíamos que nos habíamos asombrado lo suficiente, un muchacho nos topó por la espalda y, con un zapato en una mano y un encendedor en la otra, comenzó a pegarle fuego para que viéramos que el zapato era de cuero, esto, mientras decía «muuuuuu». Pilar terminó comprándole un par. Yo, aunque agradecida, en mi vida (y hasta ese entonces) me había sentido tan intimidada ante una situación antropológica de esta índole.

Cuando decidimos marcharnos, nos dimos cuenta de que el pulguero que realmente habíamos salido a buscar estaba al lado de aquel lugar. Allí vendían las famosas muñecas rusas, réplicas de los huevos de Fabergé, joyas, adornos, cajitas, etc. Pilar me regaló unos aretes en ámbar verde, hermosísimos. Yo compré unos cuantos recuerditos para algunos de mis amigos y un anillo de ámbar amarillo para mi abuela.

Cuando nos vinimos a dar cuenta, sólo teníamos 20 centavos de rublos en el bolsillo. Como dos cuatreras nos metimos a la estación y nos regresamos del mismo modo en que llegamos, sin pagar. Entramos al tren y después de las cinco paradas correspondientes, nos desmontamos. A punto de cantar victoria, nos dimos cuenta de que estábamos perdidas. Después de caminar por más de una hora, con sed, exhaustas, Pilar le saltó al frente a una señora y le preguntó que dónde quedaba el Kremlin. «Kremlin, uuuuuhhhh», nos dijo, mientras agitaba la mano indicando larga distancia. Media hora más tarde, a oscuras y sin cámara fotográfica, caímos tumbadas en la cama.

Saint Petesburgo era otra cosa. Aparte del vaho humano que se suele respirar en algunas zonas europeas, aquí además se respiraban las leyendas. Nos instalamos en el Hotel Astoria, frente a la Catedral de San Isaac. La primera noche que pasamos en esta ciudad fue alucinante. Salimos a cenar y, aunque eran pasadas de las 7pm, el sol no se había puesto. Después de tres horas entre comida y charla, de camino al hotel notamos que el sol aún no se escondía... A las doce de la noche, mirando a través de la ventana de nuestra habitación, como almas antípodas que comparten una misma cama, notamos que el sol seguía alumbrando las calles ya vacías.

A pesar del desvelo, temprano en la mañana salimos a conocer los lugares de importancia histórica de la ciudad. Visitamos la fortaleza donde estuviera preso Dostoyevsky, Gorky y hasta el mismísimo hijo de Pedro el Grande, a quien su propio padre mandara a matar. Fuimos al castillo del hijo único de Catalina la Grande, quien no quería vivir con su madre en el Palacio de Invierno (hoy convertido en el Museo del Hermitage), porque la odiaba por haberle robado la corona. Tanto odio, tanto desamor me estaban comiendo el alma. Ver cómo idolatramos tumbas y despreciamos cuerpos vivos, tibios, me llenó el entendimiento de rabia y, estoy segura de que este sentimiento, y otros menos obvios, se infiltraron en nuestras vidas como fantasmas que encuentran casa eterna en el miedo humano. Algo en nosotros que a lo mejor ya estaba quebrado, terminó de romperse; por lo menos, eso fue lo que sentí.

Antes de que cayera el día (no el sol), visitamos las tumbas de los últimos Zares y la de la familia Romanov. Al día siguiente fuimos al museo.

El Hermitage es uno de esos lugares que nunca pensamos conocer y cuya grandeza sobrepasa los tres millones de objetos que en este museo se pueden apreciar. Entre tanto esplendor yo no podía evitar sentirme mínima, diminuta. En medio de un calor satánico hicimos una fila de veinte minutos, demasiado larga para las circunstancias. Ya dentro, como había tanto que ver, y como Wayne tenía que verlo todo (objeto por objeto), Pilar y yo nos desaparecimos y, evadiendo sudores y olores desagradables, en una hora le dimos un vistazo a la tercera parte de lo que allí se conservaba. Pilar insistía en que quería ir a conocer el centro de la ciudad. En un panfleto que encontró en el hotel, leyó que Nevsky era la calle a visitar, cuando se trataba de comercios. Estaba relativamente cerca, por lo que decidimos caminar.

Caminamos mucho, tanto que tuve que quitarme la camiseta y usar el braseir y los breteles del overall que llevaba como blusa. Eran como las tres de la tarde y el sol besaba el asfalto y lo hacía rebotar en nuestra piel. Los zuecos que llevaba puestos me estaban haciendo ampollas. Después de recorrer un centro comercial entero y ver nada, decidimos comer algo pero ninguno de los restaurantes que vimos satisfacían los caprichos de Pilar. Decidimos entonces regresar al hotel. Guiadas por nuestra suprema sabiduría geográfica (que es una quimera) caminamos a donde calculamos quedaba el hotel. Caminamos bajo la inclemencia del sol, cruzamos puentes, criticamos cuanto ruso y rusa nos pasó por el frente. Nos reímos poco.

Sabíamos que debíamos continuar a la derecha, pero a ella no le daba la gana de coger más sol, así me dijo, por lo que decidió cruzar un puente que quedaba a nuestra izquierda, para irse del otro lado de la calle, donde había sombra. Yo me enojé pues estaba cansada de que ella decidiera nuestra ruta, pero al final accedí. Ella tomó la delantera. En la esquina había una construcción y debíamos cruzar un andamio. Pilar cruzó el puente pero no entró por la esquina sino más adelante. Yo, me metí por la esquina, por en medio de unas tablas y caminé hasta el final del andamio para esperarla. Ella nunca llegó.

Me devolví, caminé en dirección opuesta, volví a cruzar el puente y me pareció escuchar su voz pero no la vi. Respiré profundo, mientras me limpiaba el sudor de la frente y por debajo de los senos. Como única solución lógica, resolví seguir caminando hacia el hotel. A paso lento y mirando para todos lados, continué sola el tramo por recorrer.

Recuerdo que recé. Pedí para que la intelectual, la adulta, la inteligente mujer que a veces Pilar podía ser, gobernara y opacara a la descuidada, la olvidadiza, la desordenada, la egoísta; pero aquella siempre resurgía, recordé. Me senté en la acera, muerta de sed y de miedo por ella. Me dolía todo, además. Sentía el crujir de mis caderas con cada paso que daba, los pies caminaban hinchados, estaba perdida y en lo único que pensaba era en Pilar, en que llegara, volando si fuera necesario pero que llegara, que encontrara el camino.

Después de caminar por más de una hora, se me salió una lágrima cuando vi la estatura de Pedro el Grande montado en su caballo, reconocí el lugar, sabía que estaba cerca. Cuando llegué, lo primero que hice fue llamar a nuestro cuarto y al de César pero nadie contestó. Me estaba volviendo loca. Fui al bar y todos los que estaban a mi alrededor me recordaron con la mirada que no llevaba camiseta. Me tomé una jarra de cerveza y luego otra. Pensé en mi abuela. Fui al baño y me aseé un poco. Luego, subí a la habitación y me quité los zapatos de mierda. Bajé y me senté en la escalera, de donde veía al inmovible *Peter the Great*. Calculé que de ahí podría ver a Pilar cuando volviera. Después de muchos minutos, entré a la terracita y me tomé como tres cervezas más. También fumé un par de cigarrillos. Cuando ya no aguantaba las lágrimas, decidí volver a la habitación. Allí la encontré. Me abrió la puerta y sin decir palabras me dio la espalda. Esa noche empacamos y al otro día volamos a Madrid. Luego vinieron El Ritz, Poseidón, Las Cibeles, Las Meninas y El Tres De Mayo pero ya el viaje y algo más habían terminado. Algo de mí se perdió en Nevsky.

La niña

En la constructora Mejías & Contreras, CxA:

«¡Mieeerda, carajo, cooooño! Ramona, yo no tengo tiempo de ir a buscar a la niña. Yo estoy trabajando y ahora tengo que coger para el maldito Ayuntamiento, a sacar otro maldito permiso para el hoyo de mierda que hay que volver a hacer. Mira, ya no me jodas más. ¿Adónde está ella? ¿Y dónde es que queda el jodido jardín ese? Ya, no me digas más y ve a ver lo que tú haces que yo no tengo tiempo para estar jodiendo con muchachos. ¡Ve a ver lo que tú haces!

En el jeep:

»Coño, qué cojones los de Ramona. Con este tráfico que no se acaba, en esta malditísima cueva.

En el Jardín Infantil Rayito de Sol:

»Gracias.

En el jeep:

»¡Shu! Duérmete ahí.

»Aló, Ricardo, ¿ya compraste la arena? ¿A cómo? Diaaablo, ¿y tú pediste rebaja? ¿Le dijiste que

»¡Mira maldito prieto! Si me pelas la yipeta te meto dos tiros. ¡Buen azaroso!

»No, no, no es contigo, Ricardo. ¿Que si le dijiste al dueño que yo te mandé? Está bien, ya, qué se va a hacer. Este maldito país está lleno de ladrones; pero qué se va hacer. Hay que trabajar. No, yo no sé. Espérate. Te dejo que tengo otra llamada.

»¿Martín? Dime, ¿conseguiste la mano de obra?

En el Ayuntamiento Municipal:

»¿Pero y qué es lo que se creen esos malditos haitianos? ¿Y cuánto quieren ellos que uno les pague? Espérate.

»Saludo. Yo tengo que ver al licenciado Mitre. Dígale que es Julián, el de la constructora. Ya nosotros hablamos por teléfono. Okay, gracias.

»Martín, sí. Entonces, ¿cuánto es que quieren esos sucios que uno les pague? ¡No! ¡Ni loco! Oh, oh, pero y qué es lo que ellos se creen. No. Ve a ver lo que tú haces pero esos son demasiados cuartos por ligar cemento.

»¿Sí?

»Ya te dije, Martín, ve a ver lo que tú haces.

»¿Sí? Dígame. Y, ¿cuánto tiempo? Pero yo tengo casi una hora esperando. Yo lo que necesito es que me firme este permiso. Eso no le va a coger ni dos minutos... Pero dígale que esto es urgente. Está bien, está bien. Ya.

»No don, es que esta gente es una vaina. Para que le firmen un papelito, tiene uno que perder un día entero de trabajo. Pero eso es cuarto que quieren. ¡Son todos unos ladrones! Usted sabe que es así.

»Oh, don Jimeneo, ¿cómo está usted? ¿Qué lo trae por esta jauría? No ombe, es que este país no tiene remedio. Aquí no se pueden hacer las cosas derechas. Al que no es ladrón, aquí le sacan el juguito. Oh, oh, pero yo tengo más de dos horas aquí, como un pendejo nada más. Perdiendo tiempo con todos estos vagabundos. Sí, yo sé, yo sé, don Jimeneo. La familia está bien. Papá está más recuperado. Sí, gracias a Dios. Ramona, no; Ramona ya volvió a trabajar y la niña, la niña... ».

En el periódico, al día siguiente:

«Niña de 3 años muere luego que su padre la dejara dentro de vehículo en estacionamiento».

¡Llegó Chiche!

Para J. Jalish

Todo estaba dispuesto para aquel encuentro. Margarita vestía una batita blanca en cuyo encaje se acariciaban sus protuberantes pezones. La luz apagada y yo sentado y erecto en su cama. La apreté con las dos manos por la cintura y la traje hacia mí. Seducido por la suavidad de la bata, manoseé sus nalgas y entrelacé mis dedos en su tanga diminuta. Su parte olía a lavanda y a puta.

En el momento en que me proponía meter la lengua en su fondillo, escuchamos un sonido a motor de auto viejo. Luego, las luces intrusas de unos faroles entraron por las hendijas de las persianas.

—¡Llegó Chiche! —anunció Margarita.

En un pestañear, la mujer hacía un bollo de mi ropa y me la ponía en los brazos.

—¿Qué hago? —atiné a preguntar.

—Por la ventana, tírate por la ventana —respondió.

Sujeté mis trapos y me dirigí al conocido ventanal que daba al patio trasero.

En cuestión de segundos repasé la vez que, muchos años antes, mamá andaba detrás de mí para darme una pela y yo me tiré de esa misma ventana y le caí arriba a uno de los puercos que con tanto esmero mamá criaba. La pela fue brutal porque casi le mato el animal. Mamá me agarró enlodado en el suelo y me azotó con la agilidad de un cañero abriéndose camino en plena zafra. Recuerdo que me le zafé a los sablazos de la vieja y fue lo peor que hice ya que, por cuidarme de ella, no atiné a mirar el alambre de púa que usamos de tendedero y con el que esa tarde casi me ahorco.

Observé la angustia que ahora, gracias a las luces de la camioneta, podía apreciar en la carita de Margarita. Sus ojos grandes se veían aún más redondos. Chiche era un hombre fuerte y, aunque no lo hubiera sido, es sabido que a los hombres de este pueblo no les gusta que les cojan a sus mujeres.

Pero es que desde que mamá les alquiló esta habitación a Margarita y a Chiche yo no he tenido sosiego. El culo de Margarita me quitaba el sueño y cuando finalmente vi asequible la posibilidad de comerme ese manguito, no pensé dos veces en la ahora inevitable presencia de Chiche.

Al parecer, Chiche se acercaba. El estruendo de la puerta cerrándose que produjo la hojalatería de la camioneta, congeló el tiempo.

A pesar de que mi cuerpo no se movió, en mi mente vi cómo forcejeaba el pestillo y abría las ventanas, mientras le agarraba un cachete a Margarita quien me empujaba con nerviosismo. Vislumbré que saltaba, ropa en mano, no sin antes cerciorarme de que no hubiera puercos con los que tropezar.

Luego, para mi desgracia, Chiche no entró a la habitación, sino que antes se dio una paseadita por el patio; entonces fueron necesarios los puercos para esconderme del hombre que orinaba casi en mi frente mientras su garganta producía gemidos de burro.

Cuando él terminó, y con lodo hasta en el pelo, me decidí a escapar con vida de aquella odisea. Ya en pie, recordé el alambre de púa y, antes de dar el siguiente paso, me bajé midiendo la distancia. El único problema fue que desde aquel día en el que huía de mi madre, habían pasado unos ocho años y yo había crecido notablemente. Fallé en el cálculo y casi me saco un ojo.

Asesiné un «la creta» y entre sangre, lodo y lágrimas resolví no detener el paso. No podía tocarle la puerta a mamá en esas condiciones, por eso pensé ir al solar del lado a cambiarme y a limpiarme un poco. La pared que dividía las propiedades no era tan alta por lo que no tendría mayor dificultad. Tiré el bollo de ropa y, de un salto, caí del otro lado.

Entonces sólo escuché un «cráquete», y la vista se me nubló. Un dolor agudo y seco me inundó los tuétanos. En segundos, llegó la luz al barrio y el poste iluminó mi sospecha. La pierna, cuyo hueso ahora atravesaba mi piel, había caído encajada en una lata de pintura.

Ya no pude más y como un desatinado comencé a tirar gritos y a maldecir existencias. Mis quejidos atrajeron a algunos vecinos y a otros curiosos que, al escuchar mi calamidad, se unieron en preguntas y en conjeturas.

En eso llegó mamá y, al verme desnudo y chorreando sangre, me preguntó si me habían atracado. Con un movimiento de cabeza y un suspiro profundo, asentí. Entonces, comenzó la cacería.

Entre otros patriotas, observé a Margarita, machete en mano al asecho de los ladrones que me habían asaltado. Camino al hospital, en la camioneta de Chiche, desperté del ensueño.

Con mi mente de regreso en la habitación matrimonial, vi a la mujer a quien, ahora, se le querían salir los ojos. Miré el ventanal y caminé hacia la puerta. La abrí y, con apoteósico respeto, le di la mano a Chiche (cuya mirada se perdía entre mis costillas), y con un cordial «buenas noches», me despedí.

Antípodas

Todos lloraban, o fingían hacerlo. Un océano de oraciones, melancolía y recuerdos arropaba el féretro que se encontraba en el centro de la sala. Amigos, familiares, vecinos y otros hipócritas rodeaban el ataúd, entraban y salían, conversaban, sollozaban, comían y criticaban el ambiente de manera ilimitada. La puerta abierta dejó entrar a una mujer cuya vestimenta no pasó desapercibida ante los ojos azorados de los presentes. La mujer vestía de negro y, aunque apta para el luto, demasiado cubierta tanto para la época de orco calor, como para las modas en boga. De ella sólo se apreciaban sus ojos grandes, color miel y sus manos (y si bien éstas reflejaban juventud, los ojos parecían haber visto muchas tormentas de arena); nariz, pelo y boca iban cubiertos por una mantilla no menos oscura que su vestido largo hasta los tobillos. Sin que nadie se lo impidiera, la mujer se acercó y, mientras mostraba sus dedos envidiablemente blancos y suaves, tocó con ternura el ataúd y, en un español lento y fabricado, preguntó cómo había muerto el hombre.

La viuda, confusa y abatida, dejó unos segundos de gimotear y le respondió que su marido había muerto de un ataque al corazón mientras se bañaba.

—¡Qué bueno! —agregó la mujer, mirando indeleblemente los ojos de la viuda. Sin dar tregua, la habitación se llenó de murmullos: «¿Cómo es posible que diga una cosa así?» «¿Quién diablos se cree ella que es para decir algo de esa magnitud, aquí, frente al muerto y sus seres queridos?» «¡Esa mujer está loca!» «¡Váyase al infierno!»...

— Usted por lo menos tiene el cuerpo. —Dijo la mujer en voz baja, antes de salir del velatorio.

Dalila

Después del divorcio, decidí mudarme lo más lejos posible de aquella ciudad ruidosa, tan llena de él. Tiré el índice sobre un mapa y, con mis pocos ahorros y las cosas que me cupieron en el baúl y en el asiento de atrás, me lancé a la carretera.

Los primeros días los pasé en un motel. Ya luego de conseguir trabajo en el restaurante, alquilé una habitación en la casa de la señora Paula. La habitación no era grande pero yo no necesitaba mucho; lo que importaba era que me permitiera el descanso y la soledad.

La señora Paula tenía un hijo jovencito, entrando en los veinte. Era un moreno alto y delgado, de cara redonda y simpática como tomate de comercial. Se llamaba Isidro pero, por algún motivo que desconozco, ella lo llamaba Isidoro de Guatemala. Cuando le pregunté a Isidro el porqué, me dijo «a estás alturas, ni ella sabe». La señora sufría de alzhéimer pero cuando me enteré ya era muy tarde, me había encariñado con él y con Dalila, mi flor.

Cuscuta Prunus es el nombre científico de mi Dalila, como la nombrara Isidro. Es una combinación de flor parásita y enredadera que nace en las piedras o, en el caso de Dalila, en la pared de mi habitación. Es de un rosado intenso, fucsia casi lumínico y con unos estambres largos y amarillos, los cuales usa para moverse y darme cariños. Tiene el tallo largo, fino y muy flexible, tanto que parece de goma, eso le da facilidad de movimiento.

Isidro, quien es escritor, dice que es una especie sumamente exótica, «una en un millón», me dice. Él fue quien impidió que yo, medio histérica, la arrancara de un tajo cuando la descubrí recién nacida, dando pasitos alrededor de ella misma, como una araña refulgente. Enseguida, la nombró y me explicó todo lo que debía saber acerca de ella y lo afortunada que yo era de tenerla. Entonces aprendí a quererla, pero es que cómo no con lo inteligente y dulce que es. Cuando llego a casa, no importa lo tarde que sea, sus estambres amarillos me esperan alegres, dispuestos a la caricia, al roce. Se trepa por la división que hay entre la rústica pared y el techo y allí, impaciente, brillante, espera hasta que yo entre a la habitación y prenda la luz, entonces corre hacia mí y de un salto la tengo en la cara; como hormiguitas alborotadas, me camina por el cuello y por el pelo. Isidro dice que puede que le guste el olor a comida que siempre traigo encima. Luego que me baño y me acuesto, apago la luz y ella se enrosca como espagueti en tenedor y duerme.

Esta había sido nuestra rutina por los últimos tres o cuatro meses pero ayer, cuando llegué, la encontré muy nerviosa, asustada. No me esperaba, lo que desde ya me inquietó mucho. Cuando entré a la habitación y prendí la luz, la encontré girando como loca alrededor de ella misma, como un reloj cuya única manecilla busca velocidad en el tiempo para desprenderse de sí misma. Luego, saltó sobre mí y, con los tentáculos temblorosos, se me enredó en el pelo y al rato se me envolvió en el cuello.

A pesar de la hora Isidro estaba despierto, escribiendo, me dijo. Después de ayudarme a desenvolverme a Dalila del cuello, me contó lo que había pasado.

—Mamá tuvo una crisis muy larga, muy intensa. Tuve que inyectarla y luego llevarla al médico.

Me dijo que, por largo rato, la señora Paula no lo reconocía y que eso la enfureció de un modo tal que, mientras encontró platos, vasos, ollas y cuchillos, se los lanzó todos al pobre Isidro. Acongojado, y con los ojos humedecidos, el muchacho me enseñó un parche que tenía en un brazo donde el filo de un cuchillo lo había alcanzado.

Entonces entendí por qué Dalila estaba tan asustada, la pobre no nació para lidiar con gritos y con convulsiones de esa índole.

Hablé un rato más con Isidro y luego se fue a terminar la historia que estaba escribiendo, algo acerca de una persona que se convierte en cucaracha o de una cucaracha que se cree persona, no entendí muy bien.

Ya en la cama y sintiendo a Dalila más calmada, apagué la luz y me puse a pensar en todo lo que estaba sucediendo. Yo no podía seguir exponiendo a Dalila a este tipo de escenas, eso sería inhumano. La enfermedad de la señora Paula no tenía cura y ahora iba a tener que ser atendida por una enfermera todo el día, según me dijo Isidro; es decir que en este hogar se acabó la privacidad. La solución era mudarme. Hacía tiempo que había ahorrado dinero suficiente para alquilarme un apartamento pero una de las cosas que me dijo Isidro fue que no intentara jamás transplantar a Dalila, eso la mataría. Pensé incluso que a lo mejor podía cortar un buen pedazo de la vieja pared y llevarla conmigo a nuestro nuevo hogar.

Fue una noche problemática, somnolienta. De vez en cuando dormía y despertaba espantada y sintiendo una tropa de hormigas mordiéndome la sangre. En ocasiones pensé que era cosa de Dalila pero prendía la luz y la encontraba enroscadita como ciempiés, con aspecto triste de moriviví. Apagaba la luz y al rato lo mismo, sentía los tentaculitos succionándome los poros, enredándoseme en el pelo, besándome el vientre. Despertaba agitada y sudorosa. Así hubiese pasado la noche, espantándome y despertando si no hubiera sido porque en una de las tantas veces que encendí la luz y vi a Dalila, inmóvil, me miré el brazo que se extendía hacia la lámpara y lo encontré cubierto de manchas rosadas, como picaduras. Me tiré de la cama y, para mi espanto, así tenía también la cara, el cuello y el vientre.

Volví a mirar a Dalila, confundida con su inercia y mi condición, entonces despegué la cama de la pared y fue cuando me faltó respiración ante lo que allí vivía. Decenas de Dalilas habían nacido y éstas se habían multiplicado y crecido alrededor de la cama, en el piso, entre suelo y pared. Al verme, se extendieron y caminaron, algunas hacia la cama, otras hacia arriba, hacia Dalila, quien yacía petrificada; muchas otras vinieron hacia mí y supe, en ese instante, que no había escapatoria.

El tragaluz del sótano

En la vida, Ebenízer había aprendido dos cosas: a ganarse el pan trabajando y a no robar donde trabajaba. Era un buen plomero y un finísimo ladrón.

Ebenízer era un jovencito de cara fresca y manos hábiles. Heredó la profesión de plomero de su padre, quien había expirado hacía unos años; la de ladrón la adquirió por curiosidad. Le intrigaba saber hasta dónde podía llegar sin ser descubierto. A pesar de su juventud, entendía que no era sabio robar en las casas donde trabajaba; esto sería muy obvio. En cambio, se insertaba en las casas vecinas y luego de husmear entre los enseres ajenos, salía de allí con un souvenir y sin un rasguño.

No robaba para hacerse rico, lo hacía porque podía. Le excitaba mucho la posibilidad de conocer la intimidad de los demás sin que estos se dieran cuenta y luego, revivir la experiencia al ver el objeto robado añadido a su colección. Este entretenimiento lo acompañaba, a pesar de que vivía solo.

La cosa era fácil ya que su reputación lo ayudaba a moverse entre los mejores vecindarios de la ciudad. Ya contratado, exageraba un poco en la complejidad de su trabajo, cosa que implicaba durar más tiempo en el hogar que lo solicitara, la mayoría de veces solo. En ocasiones, ya terminado su quehacer, salía a fisgonear por los alrededores y a medir la poca seguridad que emplean algunas personas, cuando se trata de sus hogares: una puerta sin cerrar, una ventana abierta, otra sin cerrojo, etc. En la primera oportunidad, penetraba en las casas vacías y hacía su ronda habitual. Cuando no se quedaba solo, entonces conversaba con la persona que lo acompañara y, de este modo, se informaba aún más de la vida y de los horarios de los demás a quienes luego, en su preciso momento, les «prestaba una visita».

Fue en una de sus muchas aventuras que Ebenízer visitó la casa de los Barden. Sabía de ante mano que sus propietarios se encontraban de vacaciones. Días antes había hecho unos arreglos en la casa vecina, la de los Fresno, y la misma dueña le había proporcionado dicho dato. Después de unos cortos minutos, ya se encontraba dentro de ese espacio ajeno. Entró por uno de los tragaluces del sótano que se hallaba junto.

Ya dentro del sótano se dejó guiar por los olores y los sonidos que inundan las casas vacías, infiltradas. Allí, Ebenízer observó una lavadora y una secadora (la misma que segundos antes le sirviera de amortiguador), una pila de libros y álbumes amontonados y vestidos de polvo en una esquina, un estante con algunos vinos, un árbol de Navidad y una máquina de coser también polvorientos. A pesar de la polvareda, el aire se respiraba fresco, perfumando por el aroma a lavanda. Al cruzar la puerta, una habitación. La cama era grande y muy cómoda; Ebenízer lo supo tras dejarse derrumbar sobre ella, e imaginarse por algunos instantes, que allí dormía, que le pertenecía. Después, abrió las gavetas de las mesitas de noche y las del tocador pero aparte de un brazalete en cuya inscripción se leía «Te amo siempre, SB», nada le llenó los ojos. Tomó la prenda y entró a otra habitación que quedaba justo al frente. Era la habitación de una niña apenas recién nacida; era obvio por la abundancia de colores rosa, la cuna blanca y las mariposas de plástico que adornaban una de las paredes. Más adelante confirmó su suposición al ver el rostro de un angelito, en los brazos de su madre, enmarcado sobre la mesita de noche que hacía juego con la cuna y con una mecedora, en la que entonces se sentó por unos segundos.

Al salir de allí subió por las escaleras. Le parecieron algo pretenciosas ya que estaban alfombradas de blanco pero el olor a jazmín que despedían después de cada pisada, las puso de su lado. En el primer piso, se dejó deslumbrar por un inmenso número de libros organizados en libreros alrededor de la sala y del comedor. Le atrajo además descubrir que todos los libreros habían sido hechos a mano y, dos de ellos, con cajas de vino. Ojeó algunos libros pero no sintió deseos de leer. Fue en estos alrededores donde encontró lo que sintió que buscaba. Sobre el escritorio, entre lapiceros, teclado, papeles, una brújula con función de pisapapeles, etc., había un objeto redondo, de un color índigo inquietante. A simple vista parecía una cajita de polvos pero cuando la abrió encontró su rostro en el interior. Se la metió en el bolsillo y siguió curioseando. Abrió la nevera y se sirvió un vaso de agua. Después se sentó en la sala a observar los cuadros y los diplomas que adornaban las paredes. En general, le pareció una familia agradable.

Luego de mirar por la ventana de la cocina para cerciorarse de que nadie anduviera cerca, salió por la puerta de entrada, notando que sólo tenía una cerradura.

Ya en su casa, Ebenízer hizo espacio en su repisa para depositar allí el espejo, no sin antes abrirlo, mirarse y cerrarlo unas cuantas veces. Al otro día, llevó el brazalete a un local de compra y venta y lo vendió por lo que su tendero ofreciera.

Unas semanas después, recibió una llamada de la señora Fresno pero esta vez lo hacía como intermediaria. Su vecina, la señora Yu necesitaba de sus servicios. Ebenízer se puso a su disposición y salió de inmediato para allá.

Al llegar, la emergencia era otra. Las señoras Fresno, Yu y muchos otros vecinos iban corriendo a casa de los Barden a socorrer a su dueña quien estaba inconsolable y agitadísima ante la situación en que se encontraba. Su casa se incendiaba.

Ebenízer, atraído por las llamaradas que se eternizaban con cada respiro, se acercó a la muchedumbre y entre gritos ajenos atinó a escuchar que la bebé estaba dentro de la casa. La madre la había acostado para que tomara una siesta. El muchacho saltó y deslizándose como serpiente entre gente, el humo y las mangueras abrió el tragaluz del sótano, sin chistar. Se metió a la casa, otra vez sin preguntar pero en cambio, esta vez tenía una multitud incitándolo a que salvara a la criatura.

Rápidamente, se dejó llevar exclusivamente por el recuerdo y a tientas llegó a la habitación de la niña. Allí la encontró llorando a casi todo pulmón. Sin poder ver ni siquiera su rostro, se la envolvió en los brazos y se dispuso a salir por el mismo lugar por el que había entrado. El fuego comenzaba a bajar por las escaleras. De un brinco se subió a la secadora y sacó a la bebé por la ventanita; del otro lado, los brazos sobraban y la algarabía se esparció tanto afuera como el fuego lo hiciera adentro.

Segundos después llegó una ambulancia y, más tarde, los bomberos salvaron lo que quedaba del hogar. No hubo daños mayores. Isabella, así se llamaba la niña, se recuperó del todo después de haber pasado unos días en el hospital.

Ebenízer pasó a ser además el ángel salvador de Bella. Nadie se preguntó cómo el plomero sabía que el tragaluz del sótano estaba abierto; en realidad, eso no tenía importancia.

Pena máxima

—Es que no me gusta estar solo —respondió, en los pocos segundos que le dio el macizo cuando le aflojó el cuello y le sacó el miembro de la boca.

Hace meses que se estaba quedando en una furgoneta abandonada en el estacionamiento de un centro comercial de mala muerte. Chu se pasaba los días buscando qué comer y cómo complacer a los pocos que le permitían la cercanía. De vez en cuando ayudaba a botar la basura del supermercado por unas cuantas monedas; otras veces, fregaba los trastes que se acumulaban en el restaurante chino y casi siempre se pasaba yendo y viniendo, haciéndole mandados a las muchachas del salón de uñas, a las cajeras de la casa de cambios, al dueño de la compraventa y al de la tienda de juguetes sexuales (menos al dueño de la licorería. Ese señor no le come cuento a nadie). Popular entre los empleados de las tienduchas que compartían el gueto del centro comercial, pero nadie conocía ni le importaba la vida de Chu.

Una noche, recibió una visita. Dos sujetos, ni tan sicarios ni tan borrachos lo sacaron a empujones de donde dormía y lo patearon hasta que el cansancio los venció. Minutos después de haberse marchado, uno de ellos, el más corpulento de los dos, regresó. Lo cargó, lo metió en la furgoneta y dándole cachetadas leves, lo logró despertar. Entonces lo volteó, le arrancó el pantalón raído que llevaba y lo violó, con menos contemplación con que, minutos antes, le rompiera una costilla a patadas. Satisfecho, lo dejó allí, tirado y sangrando por todas sus hendiduras.

A los dos días, la sed y el calor lo sacaron de la furgoneta y una cajera que fumaba frente a uno de los negocios, lo auxilió. A pesar de su estado, no pasaron dos noches sin que volviera a recibir la visita del fortachón.

Los golpes cesaron pero la brutalidad sexual no. Chu no tenía más opción, excepto la de satisfacer al fornido. No era cosa de palabras, Chu no sabía su nombre y viceversa. Sin embargo, en una ocasión el sujeto le hizo una pregunta.

—¿Por qué no te vas? —pero ni siquiera hizo un gesto cuando escuchó la respuesta del hombre que tenía metido entre las piernas. Semanas largas en esto, un día el macizo regresó; esta vez volvió con quien lo hiciera la primera vez y con una bolsa de basura al hombro.

Después de despertarlo a empujones, dejaron la bolsa allí y el fuerte le dijo a Chu que se encargara de eso. Asustado, por unos segundos no quiso abrir la funda y cuando lo hizo, prefirió que le hubieran dado otra paliza. En la bolsa yacía el cuerpo de una mujer.

Desesperado y movido por el pánico, salió de la furgoneta, bolsa en manos y tiró el cuerpo arropado en plástico en uno de los contenedores de basura del supermercado. Tapó la funda con otras bolsas para disimular la figura y, temblando de pavor, regresó a su guarida.

La mañana le llegó con los ojos abiertos. No sabía siquiera qué pensar. Los días siguientes, no obstante, pasaron sin contradicciones mayores. El macizo no volvió más a interrumpir su soledad (ni su sueño) y todo apuntaba a que, como los crímenes de barrio, a nadie le interesaba una muerta más.

Lo que no logró su suerte lo definió el vaho. El olor a putrefacción del cuerpo de la mujer llamó la atención de los recolectores de basura y en unas horas las autoridades inundaron el centro comercial. La joven no era del barrio; tenía nombre y apellido y su familia movió todos los medios para que se hiciera justicia.

No pasó mucho cuando los detectives pusieron uno y uno y detuvieron a Chu, a quien, bajo las circunstancias que lo circundaban, la cárcel le pareció un buen lugar para vivir. Lo que Chu no sabía era que el estado donde se encontraba era uno cuya ley castigaba las violaciones y los asesinatos en primer grado con la pena capital. En menos de cinco horas, doce jurados dedujeron que sólo una persona despiadada y de mente enfermiza como la de José María de Jesús Taveras, Chu, podía llegar a cometer ese horrendo crimen y el juez del tribunal le dio la pena máxima.

Besos de carnaval

Me tomó unos segundos despertar de la turbación en la que su presencia me dejó. ¡Qué mujer! ¡Qué maldita mujer!

Cuando salí a la calle, esta mañana, lo hice con la esperanza de distraer la monotonía descomunal que impera en casa. Nunca pensé que, en pleno día, la luna se pararía justo en frente de mí, me diría adiós y le tiraría un beso a mi vecino (quien quedó tan alelado como yo).

Los macaraos desaparecieron. Ya no hubo música ni colores vistosos ni disfraces despampanantes. Todo se eclipsó ante ese vestido negro con piedrecillas de colores adornando el cuello de la Reina del Carnaval, de la Diosa del Carnaval.

Llevaba una flor de plástico que le cubría parte de la oreja izquierda. Unos aretes de alambre negro que bajaban de sus hombros de leche y que, a veces, se enredaban en su tupidísima melena enroscada y negra. Sus labios: rojos. Rojo pasión. Rojo poder. ¡Claro que puedes mujer!

Venía a pie. Con la mano en alto, saludaba la muchedumbre que cundía el Malecón.

Luego de salir de mi hipnotismo falaz, me pregunté de dónde había salido esta exuberante mujer. ¿Qué hacía entre Califés, Supermanes, Estatuas de la Libertad, Balbuenas, Robalagallinas, humanos y muertos? Sin embargo, no hubo tiempo para responder. Debía verla otra vez por lo que me salió la hombría de mi madre y a empujones y pisoteadas contra el resto, me le paré al lado (bueno, me le paré al lado a la alambrada que nos separaba) y esta vez pude ver sus ojos de miel achicados por el sol demoníaco que azotaba el asfalto y mis neuronas.

Se alejó pero volví a dar manotazos para abrirme camino. Copié al suertudo que había dejado atrás y la saludé con la mano. ¡Fui dichoso! Un dichoso que alcanza la gloria a través de un beso ajeno. Sus dedos de plumas carmesí tocaron su boca (o casi) y me dio un beso en el viento.

Entonces ella volteó y repitió su labor una vez tras otra. Multiplicó mi beso y esos besos se multiplicaban entre el gentío asqueroso que degustaba lo que era mío. ¡Malditos indignos! ¡Los odio a todos! Y todos la amaban. Por eso yo también me redoblé en todos los hambrientos que allí se encontraban, saludo, beso, viento, beso, pavimento.

Amaban su vestido, su piel, sus aretes (que a veces se le enredaban en los rizos), mis ojos achicados, mis uñas rojas, mi beso de carnaval.

La seguí. La seguí hasta que los idiotas de seguridad la apartaron de mi lado (bueno del lado de la alambrada que nos separaba) y la escoltaron a un autobús junto a otros seres coloridos e invisibles.

Llegué a casa ebrio y agobiado, a retomar mi vieja monotonía de poeta iracundo y frustrado, ahora rebosada de añoranza. Me tiré en la cama y traté de meterla allí, entre mi papuja y yo, pero su luz no me siguió. Qué noche tan negra.

Cierta inercia

Christopher no tenía más de dieciséis. Era su inactividad, su enfermedad y su peso que lo hacían ver de más edad.

El joven sufría de un severo caso de retraso mental. Fue tanto lo que de niño se golpeó la cabeza que ya de adolescente ni las membranas, ya chatas, ni los neurotransmisores instaban al movimiento. Incluso embarazada, a la madre se le llenaba la panza de moretones debido a las sacudidas que Christopher le propinaba.

En los últimos años, no obstante, Christopher se la pasaba sentado en la galería de su casa sin perturbación alguna, excepto por la hora del almuerzo y la del descanso. Ante tanta inercia, la madre, por demás cansada, tomó la decisión de descontinuarle los medicamentos a su tesoro.

Una tarde, de las de siempre en su repertorio, Christopher vio a una joven correr bajo la lluvia, cubriéndose apenas con un bolso. Christopher, allí, descubrió el amor. No lo sabía, pero nunca antes el corazón le había galopado igual; nunca había tenido la necesidad de seguir con la mirada a ninguno de los pocos transeúntes que por allí se asomaban. Jamás su sexo se había endurecido por una figura humana. Sin embargo, su madre se limitó a pensar que aquello era simplemente debido a la lluvia. A Christopher le encantaba ver el agua caer.

Al día siguiente, el sillón se sentía pedregoso debajo de su cuerpo. Las hojas no eran ni tan verdes ni tan marrones ni tan hojas. Las manos le sudaban y, ya entrada la tarde, la boca le comenzó a saber a hierro tras mordidas que él mismo se había dado en la lengua y en los labios.

Minutos más, minutos menos, la muchacha pasó otra vez frente al joven, esta vez sin lluvia de quien huir. Llevaba el pelo suelto y alborotado. Su cabellera castaña y lacia se movía con cada paso que daba e irreverentemente, así mismo se alejaba. Christopher notó el color rojo de su blusa y desde entonces, aunque instintivamente, ese fue su color favorito.

Esa noche la soñó. Repitió en su sueño aquella caminata, sólo que cada paso allí se alargaba y le permitía al muchacho disfrutar la textura de la blusa de algodón que cubría el pecho, la espalda y los brazos de la joven. Tocó sus cabellos suaves y los acarició con inmensa ternura.

Por algún desdén divino, la joven no pasó ante los ojos inquietos de Christopher al día siguiente. Fue tanto su enfado, cuando la madre le pidió que entrara a la casa, porque era muy tarde y debían acostarse, que el padrastro tuvo que intervenir, después que el muchacho le pegara a su mujer cuando intentó separarlo de su sillón.

Todavía marcado por la desolación, al día siguiente, volvió a repetir su rutina sin variación alguna.

La muchacha apareció y Christopher, atolondrado, se dejó volver a seducir. Guiado por la emoción, se levantó de su asiento vitalicio y la siguió, primero con la vista y luego con sus torpes pies que, acostumbrados al ocio, se confundían entre sí y lo hacían tambalear.

La muchacha ni siquiera notó que alguien caminaba a algunos pasos a su espalda, pero saltó de espanto cuando, al detenerse a hurgar en su cartera, sintió la respiración enfermiza de Christopher tan cerca y tan profusa que pensó que el joven se moría.

No tardó en sentir las manos lerdas de Christopher halándole el pelo y arrancándole de un tajo la argolla que llevaba como prenda en la oreja. El bolso cayó al piso y en un maratónico forcejeo, la muchacha intentó zafarse de las mordidas y los apretones que ahora le arrebataban la piel del rostro.

Tirados ambos en el pavimento y chorreando sangre, minutos después Christopher luchaba con despegar sus manos del cuello de la joven y terminar así con el ruido que lo perturbaba. Desde el interior de una de las casas se oía el llanto de un niño que gritaba desesperado.

Vagón

Para Osiris M.

Esperando llegar a casa para usar la ducha y el Grand Marnier como sedantes, soy testigo de unos grandes ojos pardos (no tan grandes como la mochila atiborrada de libros que cargaba consigo). Presentí que el niño, de algunos nueve años, tenía miedo. Enseguida confirmé mi suposición. Tras él, entró su madre.

A pesar de que el niño de ojos grandes iba sentado justo al lado de ella, la madre insistía en hablarle a gritos: «Si tú sigues haciéndome pasar rabietas, un día de estos me van a volver a llevar al hospital y me van a meter en el área de cardiología, ¿te acuerdas de la otra vez cuando me llevaron? Te asustaste, ¿verdad? Pues ahora no hay ni siquiera quién te cuide. Lo que va a pasar es que yo me voy a estar muriendo, por tu culpa, en el hospital mientras a ti te lleva el Departamento de Protección Infantil, y te mete a una casa de cuidado temporal, en lo que buscan una casa de adopciones [...] y yo no voy a poder hacer nada por ti».

El resto de los oídos que compartíamos el vagón, enfocamos las caras lánguidas hacia esta familia, perplejos. El niño, con sus ojos inmaculados, nos devolvía la mirada, temerosa.

—¿Tú estás escuchando lo que te estoy diciendo? —Volvió a arremeter la madre—. ¿Cuántas veces te voy a tener que decir lo mismo? ¡Deja de mirar a la gente en el tren! Ellos no van a ayudarte. Yo soy la única que siempre ha estado contigo. Y tú, cuando yo te necesito, ¿estás ahí para mí? Porque no te creas que decir mami esto, mami aquello, es estar ahí para mí. No...

—¿Sabe por qué él no está ahí? —gritó como trueno un señor que iba sentado a tres asientos de la madre y el hijo, y frente a mí—. ¡Porque él es un niño!

La madre se hizo la sorda, aunque todos sabíamos que ella había escuchado al viejo canoso con voz de Zeus.

El niño, en un impulso quizás, y aprovechando que pasara un mendigo entre todos los ojos y los suyos, le dijo a la madre que esa era su parada. Ella, con un cariño que se sintió fingido, le dijo que cogiera sus libros pero, al mirar por la ventana, sonrió y le explicó que no, que no fuera tonto, que aún no llegaban. Yo decidí deshacerme del encanto de los ojos grandes y marrones del niño y, por un rato, miré hacía el suelo.

—¡Coge un libro y ponte a leer! —continuó con su sermón la madre—. Ellos no tienen por qué meterse. Esto es entre tú y yo.

—¡No le hable así al muchacho. Es sólo un niño! —le recriminó el viejo, con la misma potencia estruendosa de su voz y con más furia de la que lo hiciera la primera vez. Volví a ser parte de los videntes.

La madre le respondió: «Usted no sabe nada. ¡Yo soy madre! Yo soy su madre. Yo soy la que tengo que vivir con esto».

Esas fueron las palabras claves para que casi todas las mujeres que estaban en el vagón expresaran, en voz alta, que ellas también eran madres. El cuchucheo continuó pero la voz de la mujer era más fuerte, más estridente, más dolorosa. El niño seguía mirándolo todo con sus ojos grandes y asustados, hasta que la madre, a gritos, le volvió a indicar que siguiera leyendo.

Yo, mirando el pecho precipitado del viejo, quien sin notarlo pasaba y devolvía las páginas de su periódico, le balbuceé algo. Él, como despertando de una pesadilla, me miró vagamente. Entonces le repetí lo que había dicho, ahora con voz más grave. El viejo se inclinó un poco hacia delante, depositó el periódico en su asiento y se acercó a mí. Sujetado de la baranda de acero con una mano, me miró atento.

—Disculpe señorita, no escuché lo que decía —con una voz que no había escuchado antes, me confesó.

—Mientras usted le diga más cosas a la mujer, más tendrá el niño que pagar y la madre, aún más motivos para seguir desquitándose con él. Nosotros saldremos de este vagón en unos minutos, pero el niño tendrá que irse con su madre.

67

—Puede que tengas razón —me respondió el señor mientras suspiraba y encontraba a palpos su asiento.

La mujer siguió sembrando su voraz manipulación, e inmensurable terror en los magnos ojos de su hijo. Yo ya no los veía. Antes de desmontarme del vagón, en cambio, miré cómo, después de rodarle por la mejilla color escarlata, caía una lágrima en el periódico del viejo.

La puerta de hierro

Lo curioso es que no recuerdo los detalles importantes, las horas, las pistas, etc., sino los insignificantes: los ojos oscuros del niño en la fila del lado, los ciento un dólares que marcó la caja registradora, la espalda de Luka.

Segundos antes, quizás después de que cerraran la puerta de hierro, traté de recapitular los últimos eventos. Luka estaba distinto, callado. Pagó la cuenta en el supermercado, ciento un dólares, me pidió que lo esperara un rato; «un minuto», dijo, mirándome de perfil y dándome la espalda. Creo que moví el carrito de compras y entonces vi al niño de la mirada oscura, asediando a la madre por algunos dulces. Caminé, hojeé una revista, tal vez leí los titulares sensacionalistas acerca de alguna ex estrella de cine que ahora anda gorda y desarreglada. Imagino que pasó más de un minuto para que yo me comenzara a preocupar por Luka, no lo sé, nunca llevo reloj.

Ya el niño se había ido y las cajeras me miraban como si aún no les hubiera pagado. Tomé el carrito de compras y salí al estacionamiento. Había pocos carros, lo que me permitió vislumbrar el nuestro enseguida. Fue allí, después de caminar unos metros, que sentí la voz tibia y sofocante del hombre que más adelante cerrara la puerta de hierro a mis espaldas.

—Yo sé dónde él está, pero tienes que venir con nosotros si quieres volverlo a ver.

Era alto, muy alto pero fue su acompañante, un hombre más bajito que yo y con la cara cundida en acné, el que me quitó el carro de compras de las manos y me guió hasta la puerta. Es curioso que aunque la puerta está justo al lado de la escalera, no la había notado antes.

—¿Cómo sé que es cierto lo que dicen?

—No, no lo sabes.

El grande metió la llave, abrió la puerta de hierro y nos dio paso. Entramos. Estaba oscuro.

—¿Y cómo sé que él está con ustedes?

—No, no lo sabes.

Tras la sombra del cuerpo

Detrás de la máscara,
ahí habito.

Tuvimos que pasarle por encima al cuerpo del hombre que yacía como dormido en el suelo. Por un instante, al verlo ahí tirado cerca de los escalones, al lado de la puerta que da al callejón donde se encuentran los botes de basura, me asusté. No sabía si estaba durmiendo o muerto. Tampoco tenía mucho tiempo para averiguaciones, el deseo nos corroía el vientre y necesitábamos un lugar donde querernos con urgencia.

Pasaba unos días con mi papá, como lo obligaba la ley, a quien dejé arrellanado roncando en un mueble con una cerveza en la mano y un juego de pelota en el televisor. Al verlo cabeceando, tomé el teléfono y me encerré en el baño. De allí llamé a Castro. Cuando supo que era yo, se alegró mucho. Hacía más de un año que no nos comunicábamos. Su esposa, sus hijos, mi papá y la distancia habían puesto punto y aparte a la relación más fascinante de mi existencia.

—Soy yo, Nina.

—Sí, espera... ¿Cómo estás, mi chiquita linda?

Castro y yo nos conocimos en un parque. Él se acercó a preguntarme algo acerca del libro que leía. En principio me pareció un hombre tímido y sin atractivo pero cuando me dijo, sin titubeos, que yo era una jovencita muy hermosa, encontré en sus ojos amarillos las puertas del sol. Era mayor que yo, tanto que podía ser mi padre, un padre sobrio, de palabras dulces y sexo duro.

Esa tarde, después que regresara de llevar a su hijo, me invitó a tomar un refresco. En pocas horas ya le había enseñado a mi clítoris para qué servía. Desde entonces no me importaron ni los problemas con su esposa ni la lluvia de trompadas que me diera mi papá cuando se enteró ni sus amenazas de meter a Castro preso. Lo único que me dolió fue que papá me mandara con mi mamá y su maldito marido, con los que tengo que vivir por tres años más, hasta que cumpla la mayoría de edad, aunque con suerte, mucho antes.

Para eso llamé a Castro, quería hablar con él para que, cuando llegara el momento, me ayudara a buscar un lugar donde vivir. Mientras hablábamos, quedamos de vernos al rato en los escalones del segundo piso del edificio (papá vive en el tercer nivel).

Al vernos, me abrazó con ternura y se excusó por la barriga que había echado y que ahora le amenazaba los botones de la camisa. Si no lo hubiera mencionado, no me habría dado cuenta. El brillo de sus ojos, a pesar de los lentes, borró todas sus llamadas imperfecciones. En cuanto me metió la lengua en la boca, sentí una punzada en el estómago y pronto mis labios inferiores comenzaron a humedecer.

Sus dedos expertos se abrieron paso bajo mi vestido, movieron mi panty para un lado y pronto volví a recordar por qué lo quería tanto. Mientras sus dedos me agitaban el clítoris con habilidad, ahí sentada a unos pocos pasos de los ronquidos de mi papá, yo retorcía los ojos y me agarraba de las barandas buscando fuerzas externas para dejarme arrebatar por la explosión interna que se acercaba.

Segundos después, todavía extasiada y jadeante, escuchamos a unos inquilinos que subían, cervezas en mano, para sus viviendas. Castro se arrimó a la ventana, cruzó las piernas para esconder el furor y se inventó una conversación sin sentido de la cual yo no pude ser partícipe. Me faltaba el aire.

Cuando las escaleras volvieron a ser nuestras, le pedí a Castro que saliéramos un ratito pero me agarró la mano y me la colocó sobre la bragueta y me dijo que no podía esperar más. Volvimos a escuchar pasos y comenté que en este edificio era más fácil tener privacidad por la mañana, cuando el resto del mundo sale a trabajar y los inquilinos de aquí duermen la resaca. Entonces se nos ocurrió bajar al primer piso y salir al callejón de la basura. Ahí fue cuando vimos el cuerpo tirado en el suelo.

A pesar del susto y de la venida que me había dado, yo quería complacer a mi hombre y, sin pensarlo siquiera, le pasé por encima al cuerpo y, ya que no podíamos abrir la puerta que da al callejón porque el cuerpo la bloqueaba, me le paré al lado, en un esquinita protegida de la luz. Allí me levanté el vestido y ahora fui yo la que, después de darle la espalda, me moví el panty para un lado. Sin palabras, lo invité. No vi su cara cuando le pasara por encima al hombre que estaba tirado en el suelo pero pronto sentí su pene duro meterse dentro de mí, por ese camino desyerbado y otra vez hambriento.

Con las manos abiertas y media cara besando la pared, veía de reojo cómo Castro se estremecía cada vez que metía y sacaba un poco de sí, dentro y fuera de mí. Sus manos apretando mi cintura que, aunque inquieta, permitía el balance, eran el complemento de la dicha. Por minutos deliciosos, mi boca imitaba lo que mi vulva hacía con su pene. De vez en cuando, el gemido. Cuando sentí que sus piernas comenzaban a temblar, supe que lo había logrado. De golpe se me derrumbó en la espalda y su jadeo me mojó el cuello. Me volteé lento y le mordí el labio inferior.

Después de haberse acomodado el pantalón, le pasamos por encima al cuerpo y entonces fue Castro quien me dijo que quería salir, que necesitaba aire. Me regaló veinte dólares, me besó, me dijo que me cuidara y se marchó. Yo subí corriendo al apartamento. Papá no se había movido. Me metí en mi habitación, me acosté boca arriba y subí los pies. Si mi cuenta no fallaba, en unos meses ya nada me iba a poder separar de Castro.

Al día siguiente, después de haber terminado de joder y mientras me limpiaba el semen de la barriga, como hacía siempre, papá me dijo que el inquilino del 4B se había muerto de un infarto mientras regresaba de botar la basura.

Entre copos, sudores y fritanga

Asqueada del bullicio y de la mala leche de la gente que, debido al calor, anda por la calle repartiendo tufos, decidí ir a visitar a mi prima que vive en las afueras de la ciudad. Imaginaba zambulléndome en la piscina y derribada bajo una sombrilla de playa mientras me tomaba una cerveza.

No sé cómo llegué a tiempo a la estación de *Grand Central*. Los trenes suelen estacionarse entre paradas cuando una anda más a prisa. Por suerte iba ligera, sólo mi traje de baño, unas sandalias, mi monedero y un libro compartían mi bolso. Llegué a la puerta de la estación a paso doble y, apenas aspiré aire un par de veces, el tren que me sacaría de este gentío pegajoso, abrió sus puertas dejando así salir un hilo de aire fresco que le cayó muy bien a mi jadeo.

Ya en el tren tuve suerte de sentarme porque en cosa de instantes todos los asientos quedaron ocultos bajo toda clase de gente. Un hombre alto y orejudo, cuya cara se asimilaba mucho a la camiseta de *ET* que llevaba puesta, se me sentó al frente. A mi lado, una gorda que olía muy rico, me sonrió con agrado antes de taparse los oídos con los audífonos de su *IPod*. Luego, busqué con la vista de dónde provenía un olor intenso a cosa frita. Era un tufillo a comida, agradable. El aroma me llevó la mirada al otro lado del diminuto pasillo donde iban sentados un indio, que ya dormitaba junto a la ventana, un señor con una computadora en sus muslos que punchaba teclas como un pianista profesional y una pareja de gringos sentados una frente al otro. Supe que eran una pareja porque ella le entregó su cartera y él la sostuvo entre los brazos por toda nuestra trayectoria juntos; al mismo tiempo, la mujer, que llevaba un conjunto de pantalones blanco, depositaba unas cajas en el sillón del lado, de donde asumí provenía aquel apetitoso olor a carne y a aceite.

No todos los que entraron se pudieron sentar, aún así el tren se puso en marcha, y yo entonces saqué el libro que me había dispuesto a terminar de leer en este viaje. *Nieve* se llama la novela que leía, mientras una gota de sudor se deslizaba por mi espalda desde la nuca hasta el borde de mi ropa interior. Leía la historia de un poeta que va a inspirarse a una ciudad enterrada bajo la nieve, la fe y los fanatismos. Entre copos de nieve y gotas de sudor llegamos a la estación de la calle 125. Allí, sin mucha delicadeza, se montó un jovencito, bicicleta en mano, una mujer con una carriola rosada y muchos otros seres poco recordables que se hicieron lugar en todos los espacios disponibles cerca de las puertas y en los pasillos. El aire se pegaba en los orificios de la nariz y el calor creció.

Una joven vestida de verde llamó mi atención, quizá por el color cotorra de su vestido, por su abundante cabellera rojiza y libre o porque, desde que le fue posible, dejó caer al suelo un bulto de mano y una cartera de cuero, que se veían estaban repletas hasta el cierre. Cuando el tren volvió a acelerar, ella se sujetó, como muchos de los otros pasajeros que iban parados, de la baranda de acero que hace arco entre los vagones y las puertas. Volví a mi lectura pero no por mucho tiempo. Miraba a la chica. Como llevaba la cabeza baja, no pude ver su cara, por lo menos no en ese momento (luego, cuando le gritaba a la mujer de blanco, pude ver sus ojos enormes y claros como miel al sol). Lo que sí pude ver fue su boca, la cual mordía con ansiedad.

Pasaron unos minutos largos. Mientras leía y la miraba de reojo, comencé a sentir pena por ella. Se notaba incómoda cuando cambiaba los pies de posición para acomodar su postura. Luego se volteó para agarrar la baranda con la otra mano, permitiéndome ver cómo unos ricillos se adherían a su rostro humedecido como larvas muertas. Ella miró a su alrededor y de repente fijó la vista en las cajas con olor a carne frita que reposaban en el asiento a dos pasos suyos. Frunció el ceño y escuché su voz firme e imperativa cuando le preguntó a la mujer de blanco si ese paquete era suyo. La mujer iba distraída punchando con agilidad su *IPhone* (parecía estar jugando), y al ver que la joven señalaba las cajas que estaban a su lado, se dio cuenta de que la pregunta iba dirigida a ella.

—Sí. Son 100 pastelitos— Respondió algo confusa aún la gringa.

—¿Podría hacer el favor de ponerlos en el suelo para que yo pueda sentarme?— le pidió, a manera de orden, la joven de verde.

—Pero es que están recién hechos —refutó la de blanco—; además, sólo faltan veinte minutos para que lleguemos.

—¡Mi viaje es de tres horas, —con los ojos abiertos como puertas le gritó— y no es verdad que yo voy a ir parada mientras sus 100 pastelitos, recién hechos, ocupan mi asiento.

En eso el hombre que se parecía a *ET*, le ofreció su lugar a la joven de verde pero esta lo ignoró y continuó clavándole los ojos a la mujer de blanco, quien, con visible furia, movía los pastelitos y los ponía con muchísimo cuidado en el suelo a su lado.

—Si le molesta mucho, párese usted y siente las cajas en su lugar—. Concluyó la joven y, después de voltearse y darle las gracias al flaco con cara de *ET*, se sentó junto a la otra sin voltear a mirarla siquiera. El compañero de la mujer de blanco no dijo ni *a*.

Yo me llevé el libro a la altura de las cejas pero no pude ver otra cosa que no fuera la cara redonda de la melenuda chica de verde. En una ocasión volteó a mirarme y yo, instintivamente, dirigí la vista hacia la ventana y vi cómo los árboles corrían en mi contra. Luego retomé mi lectura. Cuando sentí que el frío de las calles de la ciudad de Kars se había apropiado del vagón, miré a las mujeres. La de verde parecía dormida. En cambio, la mujer de blanco vigilaba su paquete con zozobra cada vez que las puertas se abrían y los pasajeros se movilizaban.

No estoy segura de cuánto tiempo pasó porque yo también cabeceé un poco antes de que la gorda me rozara al parase y me devolviera al concurrido y sudoroso vagón. La chica de verde, menos apurada, también se paró y, después de haber tomado sus bolsos, y segundos antes de que las puertas se cerraran tras su espalda, levantó la rodilla hasta el pecho y vertió toda su fuerza en una pisada que aplastó las cajas y, si la mujer de blanco no es ágil, habría hecho lo mismo con su mano. La de blanco comenzó a tirar gritos y maldiciones. El vagón se inundó con el aroma de la fritanga; además, se escuchaban las carcajadas de algunos pasajeros, mientras los comentarios arbitrarios de otros, como el calor, no cesaron. El compañero de la mujer de blanco no dijo ni *b*.

Journal

jueves 20 de mayo

Le tengo terror a dormir. Las pesadillas empantanan mi mente y es más el sufrimiento que el descanso. Es como si en mí borbotearan todas las tragedias humanas, todos los finales de horror. He tratado el té de manzanilla antes de acostarme, me ayuda a dormir pero mientras más profundo es el sueño, más difícil es despertarme de la maraña en la que suelo estar envuelta. También he parado de ver esas series nocturnas donde aparecen una, dos, tres víctimas por episodio, aniquiladas de las formas más brutales, por las mentes más criminales. En última instancia, decidí visitar a una sicóloga, quien me sugirió que escribiera este diario. Eso hago.

viernes 21 de mayo

Anoche soñé que estaba en el apartamento de mi madre, pero no era su apartamento de siempre. Era un lugar claro, con muchas ventanas. Ella estaba más delgada. Trató de besarme en la boca y la rechacé. En eso apareció mi padrastro, en silla de ruedas y con una cerveza en la mano. Se quejaba de que allí no se podía beber cerveza en la calle. Detrás de él venía una niña, más clara que él y más oscura que mi mamá. Se arrastraba. Alguien le había cortado las piernas. En su piel se marcaba aún el filo del arma que habían usado para tajarle los muslos. Pude ver la carne escupiendo sangre, sus huesos demasiado blancos. Desperté agitada y, después de ir al baño, prendí una vela y volví a la cama llorando.

sábado 22 de mayo

Soñé que iba montada en un auto rojo, antiguo. Un señor en entrada edad conducía y otros pasajeros, todos hombres, venían sentados en el sillón de atrás. No los conocía. De repente, otro carro nos rebasó de un modo tan violento que casi nos accidentamos. Segundos después, el chofer de nuestro auto lo chocó por detrás, adrede. Luego, nos desmontamos y el conductor del otro carro nos persiguió. Nos tiraba vidrios, pedazos de botellas rotas. Me cortó en varias partes del cuerpo. En un descuido suyo, tomé una hoja gruesa de plástico y se la pegué en la cara con ambas manos. Entre la pared y el plástico, pude ver cómo el hombre agonizaba por la falta de aire. Desperté. Estaba oscuro pero ya no pude volver a dormir.

domingo 23 de mayo

Estaba enferma de ira. Odiaba a mi tía. Mi hija había muerto por su culpa. Quería tirarla por el balcón pero toda esa rabia se convirtió en dolor cuando recordé a la bebé. Entonces me vi recogiendo su ropa del armario. Abracé el abriguito azul con botones grandes y lloré, desperté llorando. El sujeto que dormía a mi lado trató de consolarme pero no ayudó. Terminé pidiéndole que se pusiera la ropa y se fuera. Éste es uno de esos sueños recurrentes, infinitos. Lloré por días.

miércoles 26 de mayo

Soñé que dos hombres golpeaban a otro, en una vagoneta. Luego lo violaron y lo dejaron allí, por muerto.

jueves 27 de mayo

La doctora insiste en que siga escribiendo. Yo le digo que no funciona. Al contrario, siento que los sueños se intensifican y luego, al escribirlos, al recordarlos, revivo las angustias y los sentimientos.

viernes 28 de mayo

Todo estaba nublado. Había mucha brisa y las olas cargaban lodo y basura. Allí flotaba.

domingo 30 de mayo

Peleábamos. Le decía que me dejara tranquila, que no me interesaba su opinión, que no me interesaba él. Cerré la puerta del cuarto pero, minutos después, lo sentí a mi lado. Apestaba a licor. Me abrazó y le ordené que no me tocara. Le pedí que se fuera pero no hizo caso. Se me pegó por la espalda y trató de meter la mano por debajo de mi blusa. Esta vez lo rechacé. Entonces me agarró por la cintura y sentí su miembro craso en la parte baja de mi espalda. Me dio asco. Traté de despegármelo. Forcejeamos. Me le subí encima y traté de ahorcarlo con las manos pero se me zafó en varias ocasiones. Tomé una almohada y con ella lo asfixié hasta que perdí las fuerzas. Desperté con su cuerpo entre las piernas, sin vida.

Hoy

Ya no sueño y esta es mi última entrada.

La última parada

Sentado en el autobús junto a la ventanilla, el hombre puso el libro a un lado y vio cómo una mujer saltaba al abismo desde el puente que los sostenía. La había observado poner en el suelo el gran bolso de bandolera que cargaba, quitarse los tacones y trepar las barandillas, alguna vez creadas para proteger a los peatones. Con las manos abiertas, sin titubear saltó y cayó de cabeza en las oscuras aguas. A ambos lados, entre los cables de suspensión, se veía el ancho cinturón del río estrechándose hacia el horizonte montañoso.

Casi enseguida, a unos cuantos metros de los zapatos de la mujer, el autobús se detuvo y dejó salir a algunos pasajeros: una pareja de jovencitos tatuados hasta las uñas, un señor moreno, fornido y de cara triste, un grupo de asiáticos taciturnos y, tras ellos, una anciana fina y de ademanes lentos que se sostuvo de cada uno de los espaldares de los sillones que marcaban el camino a la salida. De afuera entraba un olor a cloroformo, a ataúd.

El conductor miró por el retrovisor. Al ver el autobús casi vacío, tomó el altavoz y le recordó a los pasajeros que permanecían sentados que la siguiente sería la última parada. Cerró la puerta y, mientras esperaba a que la carretera se descongestionara, clavó la vista en el señor fornido que ahora ayudaba a la viejecilla a escalar las barandas del puente. Viendo que la señora no tenía la agilidad necesaria, el moreno la cargó y la lanzó al aire. Tras ella, se tiró él.

El autobús comenzó a moverse y tanto el chofer como el hombre del libro miraban el panorama que les daba la bienvenida.

El hombre, de unos treinta años, mestizo, de contextura media y ojos azules, retomó su lectura, o por lo menos lo intentó. Algo mayor lo inquietaba. Lo que iba a suceder ya había sucedido y él lo sabía, todos lo sabían, ese no era el problema. Miró a su alrededor y en el autobús sólo quedaba el chofer, él y una joven que iba sentada al fondo y a quien, desde su posición, sólo podía verle el pelo alborotado.

No era que quisiera huir, ¿huirle a qué? ¿Huir adónde? Al contrario, dedujo que lo que quería era llegar. Cerró los ojos y de ese modo esperó hasta que el conductor detuviera el autobús.

—Hemos llegado —gritó el chofer, guiado por la costumbre. Abrió la puerta y por unos segundos se quedó viendo la llave. Dejó el motor en marcha y salió de allí sin detenerse a mirar a nadie.

La muchacha ya venía cerca del hombre del libro cuando éste abrió los ojos. Ella traía un vestido verde raído y unas botas de vaquero muy grandes para su talla. En su cara, el hombre observó la primera sonrisa que había visto hacía tiempo.

Confundido, incluso hechizado, le tomó la mano a aquella joven que sin palabras lo invitaba. Salió tras ella, dejando el libro tirado en el sillón.

Estaban en una montaña y quizás por eso el olor que movía el viento era más respirable; eso, o ya estaban acostumbrados a la peste. El cielo mantenía el color de las nubes que traen lluvia. Delante, no tan lejos, vieron al conductor perderse.

Agarrados de manos, caminaron hasta la cima y al llegar allí, la brisa, el salitre y el olor fétido a cadáver les golpeó el rostro. El pelo de la joven se movía cual conjunto de alas. El hombre pensó que era bonita pero ella no le dio tiempo de que hablara. Con cariño deshizo el nudo que eran sus manos y se dejó llevar por el viento como una hoja.

Mientras descendía, sonriente y mirándolo a los ojos, la hermosa joven chocó estrepitosamente con una gran roca cuya joroba a veces se escondía bajo los brazos de las olas. Ahí quedó tendida y hasta que una corriente turbia no batió aquel cuerpo inmóvil, el hombre no dejó de admirarla.

El individuo entonces miró a su alrededor y deseó regresar al autobús a buscar el libro.

Biografía de la autora

Kianny N. Antigua es maestra y escritora. Nació en San Francisco de Macorís, República Dominicana y reside en los Estados Unidos. Ha publicado cinco libros: *El tragaluz del sótano* (cuento, Artepoética Press 2014), *Mía, Esteban y las nuevas palabras / Mía, Esteban and the New Words* (cuento infantil, Alfaguara 2014), *Cuando el resto se apaga* (poesía, Proyecto Zompopos 2013), *9 Iris y otros malditos cuentos* (Editora Nacional 2010) y *El expreso* (cuento, Argos 2004); Kianny N. Antigua es una de las escritoras dominicanas más premiadas. Ha ganado cuatro menciones honoríficas en el Premio de Cuento Joven Feria del Libro 2013 y 2012, respectivamente; en 2011 ganó 2º lugar y mención de honor y en 2010 otra mención de honor en el Premio de Cuento Juan Bosch, Funglode; en 2000 recibe mención honorífica en *Vendimia Primera*, concurso/antología en honor a Virgilio Díaz Grullón. Además, sus trabajos literarios aparecen en el libro de texto *Conexiones* 3ra ed. (2005) y en *27 cuentistas hispanos* (2004), *Onde, Farfalla e Aroma di Caffe* (primera antología de cuentistas dominicanas traducida al italiano. 2005), *Mujeres de Palabra: Poética y Antología* (2010), *Nostalgias de arena. Antología de escritores de las comunidades dominicanas en los EE.UU.* (2011), *Máscaras errantes. Antología de dramaturgos dominicanos en los EE.UU.* (2011), *Colección. Premios FUNGLODE-GFDD 2011* Cuento (2012), y en *La conversión de los objetos y otros cuentos premiados. Premio Nacional de Cuentos Joven de la Feria del Libro 2012* (2013). Algunos de sus relatos, ensayos y poemas se encuentran en las revistas *MediaIsla.net, El Cid, Enclave I, Trazos I*, y en su blog: kiannyantigua.blogspot.com.

OTROS LIBROS DE ARTEPOÉTICA PRESS

JUEGOS DE LA MEMORIA / MINDGAMES

Esta es la edición bilingüe de libro de poemas *Juegos de la memoria / Mindgames* escrito por Nelson López Rojas. Como parte de la colección de poesía de Artepoética Press, este volumen ha recibido muy buena recepción crítica. María Mazziotti Gillan afirma que este libro está compuesto con "poemas imaginativos y filosóficos que están salpicados con toques de humor". Joe Weil también ha felicitado el volumen afirmando que estos "poemas muestran una inteligencia probada y comprobada por un fuerte disparo hacia el interior del espíritu".

VIANDANTE EN NUEVA YORK

Este volumen reúne el segundo libro de poemas escrito por la poeta Dominico-Americana Osiris Mosquea. Sus poemas revelan los aspectos más esenciales de la diáspora dominicana en Nueva York. Sobre este libro José Acosta ha dicho que: "Su voz lleva al lector en un recorrido por la Gran Manzana, no como turista sino como habitante de la ciudad que nunca duerme porque los inmigrantes nuca paran de trabajar". Además el poeta y novelista Jaime Manrique ha celebrado el volumen diciendo: "Con *Viandante en Nueva York*, su segundo poemario, la madurez de la voz poética de Osiris Mosquea nos asombra con un estallido de imágenes deslumbrantes y versos desgarradores. *Viandante en Nueva York* es un homenaje al consabido *Poeta en Nueva York* de García Lorca (sin el surrealismo apocalíptico del andaluz), y a los poemas de Whitman sobre Manhattan (sin el optimismo y sentimentalismo del gran bardo), y a los versos desgarrados de Julia de Burgos (pero escritos por una sobreviviente)".

TROZOS DE AZOGUE

Este volumen reúne la poesía de Matza Maranto una de las poetas más talentosas y prometedoras de México. Los poemas de Maranto revelan una fresca y nueva aproximación a preguntas universales sobre lo físico y lo metafísico. Su escritura es a la vez sugestiva y filosófica. Roberto Rico ha comentado sobre este poemario que "Aquí el dolor es un atajo", nos dice desde alguna parte la voz, la mirada, el tacto de Matza en una mixtura sensible e inteligente, resuelta a exponer un trabajo paciente, autocrítico, fruto del goce de la lectura selectiva y el lúcido careo con sus entes sin facciones, nacidos de la vigilia nocturna. Por su parte, la poeta Juana Ramos agrega que "la poesía de Matza Maranto es palabra en movimiento que se desplaza y subvierte el orden y el estatismo de una ciudad que se vuelve atajos, peldaños, circunvalación, como lo propone desde su inicio".

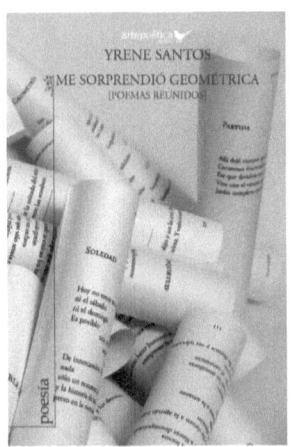

ME SORPRENDIÓ GEOMÉTRICA

Este libro contiene la obra reunida de la poeta Dominico-Americana. Yrene Santos (Villa Tapia, República Dominicana, 1963). Sobre la obra de Santos, Daisy Cocco De Filippis ha dicho que "por encima de lo prosaico o mejor dicho, elevando lo prosaico a nivel poético, Yrene Santos logra compartir con nosotros la felicidad que ha podido encontrar a través de la palabra. Y al hacerlo, Yrene Santos aporta a las letras dominicanas en Nueva York una voz femenina, fuerte, sensual, lírica y sobreviviente. De rumba nos vamos, con ella, a celebrar su palabra". Además la poeta Marianela Medrano agrega que "la poesía de Yrene Santos se caracteriza por una claridad y sencillez que transcienden la cotidianidad sin ignorarla. (…) Cada poema parece ser un espejo que ella nos extiende para entender lo comunitario, la nostalgia y la melancolía que traemos bajo el brazo los inmigrantes".

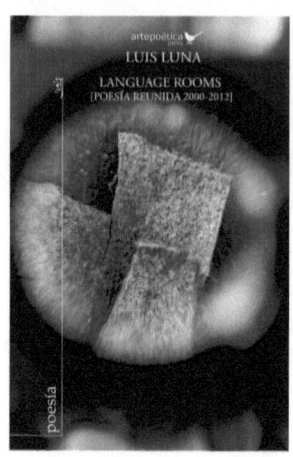

LANGUAGE ROOMS: POESIA REUNIDA 2000-2012

Este libro contiene la poesía reunida de Luis Luna (Madrid, 1975), quien sin duda es una de los nuevos poetas españoles con más reconocimiento. Esta edición ha sido prologada por Benito del Pliego Ph.D. Entre muchas otras distinciones, Luis Luna ha sido portada de *International Poetry Review*. Este volumen es de lectura obligada para cualquier lector interesado en la poesía española actual. "La poesía de Luis Luna se vale, no exactamente de las menos palabras posibles, sino de las necesarias" ha dicho José Corredor-Matheos. A lo que Rafael Morales Barba agrega que "Luna tiene la calidad y la cualidad de la atención desde el precipicio y vórtice de los aterimientos, temblores, miedos".

Dos

Este libro incluye dos novelas cortas (Historias) escritas por la reconocida escritora Mónica Flores Correa. La dualidad de Eros y Tánatos permea estas historias que tratan de temas controversiales como la eutanasia y la iniciación sexual. Este libro es lectura obligada para quienes disfrutan los personajes bien construidos y la revelación psicológica por medio de la acción. La poeta Marjorie Agosín saluda este volumen diciendo que "con una prosa brillante y segura y un magistral dominio del arte de narrar, Monica Flores Correa transporta al lector a escenarios complejos donde los protagonistas, sumidos en múltiples vacíos, se encuentran, como ocurre en el cuento *Nieve*".

ARRABAL SIN TANGO

Este libro reúne nueve relatos premiados escritos por uno de los escritores más talentosos de España: Alfonso Ruiz de Aguirre. Cada una de estas historias ha sido aclamada por críticos y lectores alrededor del mundo. Los comentarios de bienvenida fueron hechos por Lorenzo Silva, Pedro de Paz, Luis Landero y Tania de Miguel Magro PhD. Lorenzo Silva (Ganador de los premios Nadal, Primavera y Planeta) comenta la obra de Ruiz de Aguirre diciendo que "el sentido mítico y simbólico, unido a una prosa de frecuente y rica vena poética, le sirven a Alfonso Ruiz de Aguirre para conjurar el peligro del tipismo e insuflar a sus relatos verdadera trascendencia. Estos cuentos muestran la España actual, y lo hacen plasmándola con tal vividez, y proyectándola con tal fuerza en nuestra imaginación, a través de la narración y del lenguaje en que ésta se vierte, que muy difícilmente puede resultarnos ajena".

VEINTE EJERCICIOS NARRATIVOS Y UNA CANCIÓN

Este volumen reúne veinte cuentos (ejercicios narrativos) escritos por uno de los más grandes autores latinoamericanos: José Balza. Recientemente, su trabajo ha ganado reconocimiento de forma exponencial alrededor del mundo. El BOOM de la literatura hispanoamericana está siendo revisado tanto por los críticos como los editores; el nuevo canon del BOOM debe (y seguramente así será) incluir la obra de Balza. Este autor venezolano ha trabajado calladamente por décadas en la creación de una amplia producción crítica y una narrativa de gran valor. Artepoética Press tiene el honor de presentar como el primer libro en su nueva serie de narrativa. Sobre Balza Juan Villoro ha dicho que "se ampara en la humildad de los "ejercicios", pero por obra de la lectura, su libro revela otra cara: "ejercicios" es el nombre secreto de "lecciones", y acaso la más importante sea la lectura que demandan".

FLUIR EN AUSENCIA

Este libro reune la ópera prima de la poeta chilena-ecuatoriana, ahora residente en Boston, Daisy Novoa Vásquez. El público hispano de los Estados Unidos ya conoce su escritura a través de su trabajo periodístico en el periódico El Planeta de Boston. Este libro es el inicio de una carrera literaria que se anticipa será prolífica y de gran calidad. Sobre este libro Iván Uriel dice que "Novoa Vázquez ofrece un viaje a la interioridad a través de versos acompasados de nostalgia, melancolía y erotismo, en su poesía fluyen la presencia ausente y la esperanza que adquiere sentido". Leonardo Nin agrega que "*Fluir en ausencia* nos eleva hacia un punto de existencia recóndito, furtivo y a la misma vez, tan nuestro. El dolor que deja la pérdida, la alegría que envuelve el amor, la incógnita que trae el reencuentro y la incertidumbre escondida en la búsqueda son la esencia dibujada en cada verso, en cada poema, manejados y escritos de forma magistral".